Lettres à mes émotions :
quand dire c'est revivre

Eric Fadzi KPODZRO

Lettres à mes émotions : quand dire c'est revivre

épistolaire

© 2022 Eric Fadzi Kpodzro

Édition : BoD-Books on Demand
12-14 rond-point des Champs-Élysées, 75008 Paris
Impression: BoD - Books on Demand, Norderstedt, Allemagne

ISBN : 978-2322269952
Dépôt légal : mars 2022

Qui est l'auteur?

Eric Fadzi Kpodzro est né en 1978. Philosophe, poète et écrivain, il est un auteur qui s'intéresse à la richesse de la nature humaine et à sa complexité. Il a récemment publié un roman épistolaire *Lettres à mes émotions, quand dire c'est revivre* suivi d'un recueil de poèmes *Faire le point*.

"Oser dire leurs vérités à nos amis et ennemis intérieurs. Tel est le passionnant défi lance par l'auteur pour advancer et faire advancer le monde."

Frédérique I. , ancienne collègue, lectrice, et correctrice.

*« Au commencement était le Verbe,
et le Verbe était auprès de Dieu, et le Verbe était Dieu.
Il était au commencement auprès de Dieu. L'univers n'a existé que par lui, et rien n'a existé sans lui. »*
Jean, 1-1

« L'esprit est son propre lieu, et en lui-même peut faire de l'enfer un ciel et du ciel un enfer. »
John MILTON

PRÉAMBULE

Tout passe par la parole. C'est par elle que les plus grandes œuvres se réalisent. D'ailleurs, Socrate, Bouddha, Jésus n'ont-ils pas préféré l'oralité à l'écriture? La parole a une puissance inépuisable. Elle effectue une transformation de la personne qui la prononce, un profond changement voire une transmutation de celle qui écoute. Elle transforme l'être jusqu'à son plus petit atome qui le constitue. Au contraire, le refus de parole, quand la parole cesse d'être ce vecteur de lien, nous tombons dans ce qu'il convient d'appeler «la guerre». Quand les humains ne se parlent pas, quand le pont dialogique est rompu, alors s'installe l'horreur de la folie humaine. Car trop souvent, nous ignorons le pouvoir de la parole. C'est grâce à cette arme redoutable qu'est la parole, que l'humain apprend à échanger, à parler et à partager ses émotions, ses joies et ses peines.

Nous ne saurons oublier que nous sommes issus de la lignée des animaux, que chaque être est un animal. La seule différence que nous avons avec les autres animaux, note Aristote, réside dans le fait que nous soyons dotés de raison. L'homme est, celui-là même qui, utilisant la parole, peut traduire ce qu'il ressent. C'est seulement par sa capacité intellectuelle qu'il organise ses échanges, fait du commerce, invente ce qui lui fait défaut et ce dont Mère Nature ne l' a pas pourvu. La parole donc. Elle est ce par quoi nous créons et donnons vie aux choses. Au commencement, dit un certain Saint Jean, était la Parole. Cette parole était Dieu lui-même, continue ce dernier. Tout était en lui et c'est par lui que tout devient esprit et vie.

C'est en toute honnêteté que j'adresse ces lettres à ces multiples personnages. Par la parole, je vis, redécouvrant ainsi la profondeur des choses, et vivant dans le présent en pleine gratitude. Dire les choses, c'est en quelque sorte, une thérapie, car combien de personnes souffrent du manque ou de l'absence de parole, du refus de parole ou de l'impossiblité de parole: que de tabous, que d'interdits et que sais-je encore. Il importe donc de dire pour être, dire pour s'affranchir, et enfin dire pour exprimer sa gratitude, sa colère, sa joie, sa peine, son angoisse, sa plénitude. Que dire, c'est revivre!

Dire, c'est vivre à nouveau, c'est voir la vie et tout ce qui la compose, cette fois-ci autrement. Dire, c'est enfin une nouvelle naissance, une totale re-naissance. Il ne s'agit pas de retourner dans la matrice de sa mère, mais cela consiste plutôt en une redécouverte de soi et de son environnement, un regard autre sur la réalité de sa vie. Prendre son courage à deux mains, oser dire pour être, être pour toujours dire, dire pour créer, protéger, et enfin dire tout court.

En définitive, la paix est possible et pourra être mondiale et perpétuelle quand, mus par une volonté inépuisable, les êtres humains, conscients de tout leur potentiel, s'armeront de courage pour se parler. Par la parole, la hache de guerre, la haine et les murs tombent tout en laissant place à l'harmonie, la joie d'être ensemble: la joie de vivre tout simplement. Parole créatrice, parole moyen pacifique, parole, parole, parole.

Eric Fadzi KPODZRO

Lettre 1

« Rester en colère, c'est comme saisir un charbon ardent avec l'intention de le jeter sur quelqu'un, c'est vous qui vous brûlez. »

Bouddha

À MADAME COLÈRE,

Chère Dame,

Tu me dévores de l'intérieur, mais je n'y peux rien. C'est un sentiment saisissant et incontrôlable, tel un volcan susceptible de me consumer. Qui sait? Peut-être la meilleure solution vient de là.

Madame, depuis que nous nous sommes connus, mieux encore, depuis que tu m'as visité, je n'arrive plus à me séparer de toi. Tu es devenue aussi familière que mon ombre, ne voulant plus me laisser le minimum d'espace vital. Tu as complètement détruit ma vie, la rendant sans goût, affaissée et atterrée. Plus rien ne va, plus rien ne me plaît. Au fond de moi, résonne une envie, la seule qui vaille: autodestruction. Grâce à toi et à ta visite quotidienne, je suis allé loin dans cet état de destruction systématique, de dégoût de ma personne et par conséquent, un amour effréné de l'envie de mettre fin à ma vie. Colère destructrice de vie, colère dévastatrice des liens et des vies, voilà ce que, insidieusement, tu provoques en moi.

Toutefois, je tenais à t'exprimer ma reconnaissance. Oui, la cohabitation n'avait pas été facile certes. Mais j'ai appris à te gérer et à désarmorcer celle des autres. Grâce à toi, j'ai appris à voir autrement les choses, à comprendre ma vie et la vie des autres. Je sais aussi que tu fais partie de l'existence humaine, que tu peux être à la fois destructrice et créatrice de valeurs; être un facteur de développement si l'on t'utilise à bon escient.

Voilà les belles leçons que j'ai reçues en ta compagnie. Reste une chose. Puis-je vraiment me séparer de toi? Puis-je vivre sans toi ou loin de toi? Je n'ai pas de réponse toute faite pour l'instant.

Tout ce que je sais, c'est que chercher à me défaire de toi, c'est cesser d'être et donc arrêter de vivre. Puisque tu fais partie de moi, il me faut savoir absolument te gérer, te cadrer et faire de toi une force motrice, une alliée.

Car j'ai tant cherché à m'éloigner de toi, mais partout je te retrouvais. Soit dans l'expression d'untel, soit dans le comportement de l'autre etc. Tout était source de colère. Alors, au lieu de te fuir, je décide de te gérer, afin que tu sois, à mes côtés, une arme redoutable contre l'injustice et ainsi, que je puisse défendre la justice.

Adieu!

EK.

Lettre 2

« Le courage, c'est de comprendre sa propre vie … Le courage, c'est d'aimer la vie et de regarder la mort d'un regard tranquille…. Le courage, c'est d'aller à l'idéal et de comprendre le reel»

Jean Jaurès

MONSIEUR COURAGE,

Cela fait longtemps, que je n'ai plus recours à toi. Enfin, je croyais. En réalité, tu ne m'avais jamais quitté, tout près et en moi tu étais. Sois courageux! me dit-on souvent. Oui, de ce courage, j'en ai grandement besoin. Quand les voix intérieures de l'illusion m'avaient envahi, quand j'étais plongé dans l'océan des difficultés et des souffrances, il m'avait fallu ton soutien.

Cher Courage, par ta bravoure, j'ai pu remonter la pente, par ta présence, ce qui me paraissait impossible, me voilà en train de le réaliser. Mais j'aimerai savoir une chose: quel est ton lieu de résidence? où habites-tu? Comment es-tu et comment te reconnaître? Humblement, je dirai que tu résides dans le coeur de chaque personne, tu es au fond de moi et tu m'habites.

Cher Courage, ta résidence n'est nulle part sinon dans le coeur de chacun. C'est toi qui fais mouvoir tout être qui est à ton écoute. Tu réhabilites le coeur attristé et angoissé. Tes qualités sont inquantifiables.

Mon cher, grâce à ton soutien, les choses me paraissent tout autrement. Plus que jamais, ma résolution est agrandie. Plus que jamais, j'essaierai de faire de toi mon allié. Coeur invaincu et courageux, je laisserai des traces qui marqueront l'histoire.

Voilà tout ce qui m'anime.

En te remerciant.

EK.

Lettre 3

« La bonté rapproche, elle détruit les préjugés, les distances ; elle purifie l'amour. »

Hector Bernier

À TOI, DAME BONTÉ,

  Sans cesse je me demande où tu es cachée sans jamais avoir de réponse plausible. Etait-ce moi qui étais dans l'erreur? Suis-je assez aveugle pour ne plus te croiser sur le chemin de la vie qui est mien? Sans cesse, je me demande si tu existes toujours sur cette terre des hommes, car d'autres terres existent - à en croire les gens- et que tu les préfères à la nôtre. Qui sait?

  Chère Bonté, je n'ai pas été loin dans ma quête, quand tout à coup, je t'ai croisée, touchée et palpée. Oui, tu es et tu as toujours été.

En toi se manifeste un tendre et doux regard dans ce trou sombre, ce côté négatif des choses qui nous pousse dans le précipice du pessimisme et de la dépression.

Dans ta bonté, de ton doux parfum, tu me couvres et me fais voir une multitude de choses autre que mon malheur. Tu me fais espérer et m'enlèves de mon retranchement. C'est grâce à toi que je redécouvre le sourire, la joie de vivre. Bonté remplissant toute forme de vie, qu'elle soit sensitive ou non sentisive.

La discrimination n'a pas de place en ton sein. Celui qui te rencontre sur son chemin, est assuré de goûter aux délices de la vie.

Tu m'as montré comment voir le bon côté des choses, car je suis tellement habitué à ce qui est repoussant et dégoûtant.

Tu m'as appris à apprécier les choses car c'est en appréciant chaque instant de ma propre vie que tout devient simple.

Tu m'as appris à m'accepter tel que je suis, car ce faisant, j'accepte l'autre dans toute sa différence tout en me libérant.

Tu m'as enfin ouvert les yeux sur ma propre réalité. Et quelle est cette réalité si ce n'est que je suis moi-même bonté, amour et paix.

A très vite.

EK

Lettre 4

« Toujours présente, jamais pesante, telle devrait être la devise de toute amitié. »

Tahara Ben Jelloun

TRÈS CHER ÉLOGE,

Apprendre à faire l'éloge de ma vie, et magnifier celle des autres, quel combat! J'ai dû me faire violence pour apprendre ce que c'est. Finalement, j'ai saisi une seule chose: l'éloge est le socle de tout développement. Commencer par dire du bien de l'autre, pratiquer le non-jugement envers toute forme de vie, quelle joie immense! L'expression de la dignité de la vie s'opère dans la reconnaissance de la valeur de sa propre vie. Une existence faite d'éloge est noble et majestueuse. Des propos élogieux, adressés à untel, nous le savons tous, sont comme un souffle de l'esprit, on se sent d'un coup, regaillardi, léger, et prêt à tout. En réalité, qu'est-ce-qui fait avancer un être humain? qu'est-ce-qui nous pousse à aller au-delà de nos limites si ce n'est l'éloge reçu d'un parent, d'un ami?

N'ai-je pas été au plus bas quand un ami m'a lancé un mot élogieux qui m'a relevé? Toutes ces occasions sont tellement inoubliables que je ne pourrai les énumérer ici. Je sais -même si je ne sais rien- que, dès lors que je magnifie une forme de vie, c'est ma vie elle-même qui est élevée, glorifiée et magnifiée. Il y a donc un moment d'interconnexion et d'interchangeabilité qui fait que l'éloge adressé à l'autre me revient presque instantanément.

Faire l'éloge peut aussi signifier savoir faire des compliments, de petites ou grandes louanges à autrui. Si l'éloge fait pousser des ailes, n'en faisons pas économie! Je tenais à ce que tu le saches, cher Monsieur.

A bientôt.

EK.

Lettre 5

« L'espoir, ce n'est pas de croire que tout ira bien. Mais de croire que les choses auront un sens. »

Vaclav Havel

À TOI ESPOIR,

Espoir! Espoir! Espoir! je t'appelle pour régner. En ces temps troubles, où la nuit devient le jour et le jour la nuit, en ces périodes où l'on ne sait plus faire la distinction entre le juste et l'injuste, bien et mal, où tout semble voué au chaos, viens nous visiter.

Chaos, le mot est lancé. Il est partout enfoui dans les coins et recoins. Si ce n'était que cela! Il s'immisce dans le coeur de l'homme. Il pénètre dans la vie des uns et des autres. De ce chaos-là, aucune arme ne saurait avoir raison si ce n'est toi, cher Espoir.

Mon bon, tu redonnes vie à tout ce qui est *a-vie*, c'est-à-dire privé de vie, tu raffermis les coeurs et vivifies les morts-nés. Perdu d'avance, je l'étais, mais tu m'as redonné de la force. Le goût de me battre a refait surface. Tout comme l'on me dit, qui espère gagne, je crois que j'ai déjà gagné car j'ai bon espoir. Ce n'est pas de cet espoir aveugle et passif dont il s'agit. Je parle plutôt d'un espoir actif, celui qui n'est pas dénué d'action. En effet, celui qui pratique l'espoir actif mobilise tout ce qui est en son pouvoir afin de réaliser son objectif.

Oui, avec cet espoir-là, l'avenir est garanti. Seul l'espoir actif -non passif- aura raison de tout.

Merci encore.

EK

Lettre 6

« Ne confond pas ton chemin avec ta destination. Ce n'est pas parce que le temps est orageux aujourd'hui que cela signifie que tu ne te diriges pas vers le soleil. »

Anthony Ferando

OH, MONSIEUR DESTIN,

Le simple fait d'évoquer ton nom me donne des frissons. Ma culture et mon éducation m'ont inculqué l'idée selon laquelle tu es sans pitié. Qu'avant même que je sois né, tu avais tout planifié, tout déterminé- et le mot n'est pas pris au hasard- pour moi. En clair, ma vie sur terre est toute tracée par toi, Destin. Par conséquent, je ne puis rien décider, ni faire quoi que ce soit en cette vie qui relève de ma volonté. Tout ce que je ferai, toute action posée par moi sera donc dictée inconsciemment par toi. Je ne serai que cet être obéissant, quoi que je fasse.

Cher Destin, voilà le ravage que tu as causé en moi. Mais il y a de cela belles lurettes. Maintenant, et tu me le permettras, je pense autrement. Une autre motivation m'anime: qui veut, peut.

De toi, cher Monsieur, je n'attends plus rien au monde. Je sais par conséquent que ma vie est entre mes mains, que je suis le seul maître de mon existence et non autrement. Je suis, si je puis dire, auteur et acteur de ma vie. Si je la veux triste, joyeuse, tout cela dépend de moi, et de personne d'autre. Je crois en ma capacité à aller au-delà de tout ce qui peut me limiter. Tout cadre devient donc d'emblée décadré, toute limite devient sans limite. Tu ne me poses plus problème. Tu es bien là où tu es et moi dans mon existence. Destin ou pas, je décide de faire de ma vie, la plus belle des fleurs.

Cher Destin, veuille bien accepter cette expression de liberté qui m'anime désormais.

Adieu!

EK.

Lettre 7

« L'empathie, c'est tendre la main à celui qui est dans le trou, ce n'est pas sauter dedans pour l'aider

à remonter. »

Agnès Ledig

TENDRE EMPATHIE,

Entre humains dignes de ce nom, nous n'avons pas toujours besoin d'utiliser la parole pour échanger. Même par des signes, nous pouvons nous comprendre.

A un degré plus élevé, nous pouvons comprendre l'autre, prendre sur nous ses peines et souffrances avant même qu'il nous dise ce qu'il a sur le coeur. C'est cela l'empathie. Elle est une qualité humaine, cette attitude qui consiste à prendre en considération la souffrance et la difficulté de l'autre. Dès lors que l'autre est un autre moi-même, alors à ce moment là, la difficulté dans laquelle il est empêtré devient mienne. L'empathie est donc cette denrée rare qui fait que le sort de l'autre me parle, autrement, je suis concerné par le sort d'autrui.

Chère Dame, combien de fois tu as voulu t'exprimer à travers moi, tandis que j'étais sourd à tes sollicitudes?

Combien de fois tu as voulu me faire vivre le minimum de douleur de l'autre tandis que moi-même, perdu dans mes réalités quotidiennes, je ne daignais pas entendre. J'espère que désormais, je saurai voir autrement autour de moi. J'essaierai d'être plus attentif à tes signes.

A cela, je m' appliquerai.

En te remerciant.

EK.

Lettre 8

« La fidélité, c'est quand l'amour est plus fort que l'instinct. »

Paul Carvel

MADAME FIDÉLITÉ,

Madame, je t'écris cette lettre pour te remercier de porter ce nom à la signification symbolique. A l'heure où tu deviens innommable, nous, êtres humains ne préférons jamais parler de toi à la première personne.

Mais il s'agit d'un usage unique de ton nom: fidélité en couple, fidélité en amitié, fidélité dans la carrière etc. Car, en réalité, tu n'interviens pas seulement dans le couple.

Chère Dame, puisque tu nous fais si peur, dis-nous quel est ton secret? Comment parviens-tu à exister alors que plus personne ne daigne t'invoquer?

C'est ainsi que j'entends ta petite voix me murmurer à l'oreille: parce que je suis fidèle, je continue d'exister. Paradoxe devenant plus grand encore.

   Fidélité oblige!
  Merci dans tous les cas.
  Ton serviteur.

  EK.

Lettre 9

« Prendre soin des autres, partager leurs problèmes, faire preuve de compassion, tel est le fondement d'une vie heureuse pour soi-même, pour sa famille et pour l'humanité toute entière. »

Dalaï Lama

CHÈRE COMPASSION,

Quel aurait été le visage du monde, si tu n'étais plus présente? Chère Compassion, tu incarnes joliment ton nom quand tu nous fais vivre le grand amour, cette grande complicité en voie de disparition. Chère Dame, c'est en ta compagnie que j'ai appris à comprendre l'autre, à me mettre à sa place comme si j'étais lui ou si je répondais à son appel. C'est toi qui m'as enseigné que jamais un être humain, ne saurait être libre et en paix, si toutefois, il vit refermé sur lui-même, comme une mon ade sans fenêtre ni porte. Indifférent à tout, j'ai d'abord cherché à me sortir de cette misère qui m'envahissait alors malgré moi. Pensant à tort que la vie d'une personne se fait au détriment d'autrui, j'ai cherché à survivre. Plus je m'évertuais à réussir seul, moins je voyais le résultat de mes efforts. C'est alors que toi, ma chère, tu m'apparus.

De ta douceur, tu m' enveloppas puis, petit à petit et avec patience, tu m'ouvris les yeux de l'esprit et la porte de ton coeur. Je compris que, sans compassion pour la vie de l'autre homme, sans cette capacité à prendre sur soi ne serait-ce que le tiers ou le quart du poids de l'autre, on est condamné à errer ça et là, dans ce grand univers, vidé et quasi inhumain.

De quelle richesse inépuisable m'as-tu comblé que je n'oublierai jamais!

Avec mes plus sincères remerciements.
Ton dévoué,

EK.

Lettre 10

« L'Amour ne donne rien que lui-même et ne prend rien que de lui-même. Il ne peut posséder et ne peut être possédé. Car l'Amour suffit à l'Amour. »

Khalil Gibran

À TOI, MONSIEUR AMOUR,

Quel que soit le sens qu'on te donne, tu as toujours existé dans chaque société et communauté. Mais ce n'est pas de ton nom dont je veux parler ici, c'est plutôt ce que tu m'as apporté. Seul l'amour d'une mère- la mienne- m'a sauvé; cet amour-là est rare et brillant comme un diamant.

Cher Monsieur, je tenais à le crier haut et fort, que l'amour dont je parle n'est pas une chose qui emprisonne, il ne lie pas et ne nie pas la vie et la liberté de l'autre. Cet amour est le contraire de ce qu'on a toujours pensé. Quand tu te donnes, ce n'est pas à moitié; c'est donc pleinement que tu le fais, sans attendre rien en retour. Pleinement et librement tu te donnes.

Entier et libre tu t'offres à quiconque est prêt à accepter cet offre.

    Cher amour, tu m'as appris ce qu'est le vrai amour. Et voilà ce que j'ai retenu pendant ces longues années:"que l'amour devienne mon bouclier!" Qu'est-ce-à-dire si ce n'est de faire de l'amour le moteur de ma vie? Oui, la leçon est bien enregistrée: "que l'amour soit mon bouclier!". Voilà la plus importante des leçons de vie. Parce que nous avons banalisé le sens premier de l'amour, parce que l'amour a perdu en consistance, l'humain sombre dans un trouble qui ne dit pas son nom.

    On se rend bien compte que si l'amour pour l'autre homme prévalait, la terre serait peut-être paisible. "Tu aimeras ton Dieu de tout ton coeur et de toute ton âme, et tu aimeras ton prochain comme toi-même!" Voilà la règle d'or tombée aux oubliettes. Il est facile d'aimer Dieu, cet être divin et suprême, quasi invisible et bien éloigné dirait un certain Nietzsche. Mais difficile de décliner le même amour sur le prochain, la personne qui est juste en face de moi.

Ah, nous les humains, nous les bien pensants. A mon niveau, cher Monsieur, je ferai de mon mieux.

Adieu.

EK.

Lettre 11

« La paix et la dignité naissent à l'instant où l'ambition et l'arrogance meurent. »

Edward Young

À TOI, MADAME PAIX,

Chère Dame, à l'heure où tout devient lugubre, sombre, où l'aporie - l'impasse- est totale, peut-on encore croire en toi? La paix est-elle possible en ce monde que nous avons consciemment ou non foutu? Prononcer ton nom, est-ce te faire honneur ou te faire affront?

Chère Dame, toi qui promets bonheur et sécurité, peut-on toujours te faire confiance? Le spectacle actuel du monde laisse perplexe. Je suis dégoûté et désespéré en même temps. Toi qui jadis, étais l'objet de mes envies et le sujet de mon rêve, sache que je ne puis demeurer longtemps dans cette utopie. Dame Paix, pourquoi cet état de fait? pourquoi sommes-nous arrivés dans cette situation?

Toutefois, je vois poindre à l'horizon une lueur d'espoir. Et cette lueur est assez grande pour illuminer nos nuits sombres et foudroyantes. La Paix est possible.

J'ai une intime conviction que ton règne adviendra, si seulement tu pouvais jaillir du coeur de l'homme. J'ai saisi que tu ne viens pas de l'extérieur. Tu n'es pas non plus ce contrat signé sur un papier, proclamé en grande pompe. Non, tu es loin de cette paix-là. Tu es plutôt dans le coeur de l'homme qui respecte la dignité de la vie, qui magnifie et fait l'éloge de la vie. Oui, de cette paix-là, je rêve. Puisse-t-elle un jour devenir réalité.

A très vite!

Ton serviteur.

EK.

Lettre 12

N'allez pas où le chemin vous mène, allez au contraire là où il n'y a pas de chemin et laisser une piste.

Ralph Waldo Emerson

MONSIEUR DUCHEMIN,

Tu m'excuseras de jouer avec ton nom. Mais c'est seulement ce faisant que je trouve du sens à ma propre vie. Cher Monsieur, depuis que je t'ai croisé, je n'ai pas cessé de penser à la signification de ton nom. Duchemin, j'ai tendance à dire " il y a du chemin" Qu'est-ce-que je retiens de cela? Ceci: ce que je viens de faire comme distance, le chemin parcouru n'est rien par rapport à celui qui me reste à faire. J'ai encore des kilomètres à parcourir. Il me faudra encore beaucoup de courage et de persévérance.

Duchemin, comme je l'entends et non autrement. La vie est un chemin sur lequel il vaudrait mieux être prêt. Pourquoi cela? Pour la simple raison que la vie n'est pas un long fleuve tranquille où coulent le lait et le miel. Sur ce chemin, il y aura probablement de grandes ou de petites difficultés. Ces dernières sont faites pour pimenter l'existence humaine. Sans elles, la vie serait fade et sombre.

Cher Monsieur, j'aurais voulu te dire que tu as exercé sur moi une influence telle que je te dois tout. Je te dois cette prise de conscience du fait que la vie, pour qu'elle soit pleine, a besoin du chemin. Et ce chemin, chacun en est l'acteur. Quel est le mien? Suis-je sur le bon chemin? J'aurais tendance à dire à tous ceux qui se posent ce genre de question: toi aussi, tu as du chemin, toi aussi tu as ton propre chemin.

Par ces quelques mots, Monsieur, je t'exprime toute ma reconnaissance.

Alors, à toi aussi, je dis bonne route!

EK.

Lettre 13

Les arbres qui sont lents à se développer portent les meilleurs fruits »

Molière

DAME PATIENCE,

Madame, il m'est difficile aujourd'hui de dire que je te suis fidèle tous les jours. Il m'est plutôt facile de tomber dans l'autre extrême, c'est-à-dire le stress, la précipitation et l'angoisse. Humblement, je crois qu'il est hors de portée pour un être - une personne- de mon acabit, de t'avoir en amitié. Toutefois, mes faiblesses et mes manquements ne t'ont pas éloignée de moi. Au contraire, tu as posé un regard d'amour et de douceur sur moi, qui mérite colère et châtiment. Tu m'as couvert, au nom de la bienveillance même, de délices dont je pensais qu'ils m'étaient inaccessibles. Chère Dame, je pense qu'il n'y a pas de plus grande preuve d'amour que ta patience, qu'il n'y a de patience que celle qui émane de toi. C'est donc pour cette raison que je t'écris cette petite lettre.

Si je dois retenir une chose de tout ce que tu m'as enseigné, c'est en deux mots:" sois patient!" J'aurai tout à y gagner, et rien à perdre si je suis patient. Je comprends, avec du recul, pourquoi toute la richesse de la vie n'est que patience. En effet, la patience permet de moins se presser et donc de tomber rarement dans l'erreur due à la précipitation dans le jugement. De cela, Descartes nous avait avisé. Quand tu deviens partie intégrante d'une vie, cette vie-là est dénuée de stress et de colère inutile.

Tu permets de voir non immédiatement mais au fil des années, la plus grande des valeurs. Ici, je veux parler de la patience du paysan. Cette patience est celle qui lui permet d'attendre le bon moment pour planter les graines, arroser, veiller à ce que la jeune pousse grandisse à son rythme. De cette patience-là, il faut le courage et l'état d'esprit du persévérant, je veux dire de l'agriculteur. Une patience active, qui agit patiemment, mais avec prudence. Oui, il faut de cette patience pour faire germer et laisser pousser la bonne graine. La patience fait vivre la plus grande des vies. Voilà tout pour aujourd'hui. Merci encore.

Ton dévoué,

EK.

Lettre 14

« Tant que vous êtes curieux, vous trouverez beaucoup de choses intéressantes à faire »

Walt Disney

À TOI, DAME CURIOSITÉ ,

Ta curiosité te tuera! Dit-on souvent à quelqu'un qui cherche à savoir. Chère Dame, j'aime plus particulièrement ta compagnie qu'aucune autre chose au monde. Je suis amoureux de la connaissance et du savoir qui libèrent. Je préfère être abreuvé de savoir que de sombrer dans les futilités. Tu es curieux! Me dit-on. Cela dépend de quelle curiosité. Je suis curieux de savoir la vie des hommes du passé, de tel ou tel pays.

Je veux apprendre les langues étrangères pour pouvoir communiquer aisément avec d'autres humains qui peuplent la terre. Je veux aller voir untel m'enquérir de sa santé, de ses nouvelles etc.

Curieux, je le suis, en ce qui concerne la composition des couches rocheuses, je veux savoir à quoi sert la fabrication de tous les " téléphones " alors que la vie humaine ne connaît aucun développement, et qu'elle est par conséquent menacée par l'envahissement des ondes électromagnétiques.

Madame, tu m'as permis de ne pas me fier à toute évidence sans chercher à vérifier quoi que ce soit; tu me pousses à voir au-delà de ce qui se présente à moi, car l'oeil peut être trompeur.

Dame Curiosité, grâce à toi, je m'éveille au vrai sens des choses. C'est ainsi que j'avance. Pour cela, je t'exprime ma gratitude.

Sincèrement.

EK.

Lettre 15

« La clémence est autant agréable aux hommes qu'une pluie qui vient sur le soir, ou dans l'automne, tempérer la chaleur du jour ou celle d'une saison brûlante, et humecter la terre que l'ardeur du soleil a désséchée. »

Bossuet

CHÈRE CLÉMENCE,

Je crois au fond de moi que ce dont j'ai le plus besoin, ce qui me fera le plus grand bien, ce ne sont pas seulement des millions, ni tout ce fatras appelé bien matériel. Ce qui me comble et me comblera toujours, c'est la Clémence. Elle a enveloppé toute mon ignorance, et m'a permis, petit à petit, de m'éveiller à la réalité de ma vie.

Chère Clémence, je me dis parfois fois qu'aurai-je pu faire sans ton aide? Ma vie aurait-elle eu un sens? J'ai assez parlé ces derniers temps. Je m'arrêterai donc ici.

Adieux.

EK.

Lettre 16

« Un sourire est une clef secrète qui ouvre bien les cœurs »

De Baden Powel

CHER MONSIEUR SOURIRE,

J'aimerais t' exprimer une angoisse qui m'anime: ta disparition à petit feu. Monsieur Sourire, tu deviens de plus en plus rare, et en cause, la lourdeur et la difficulté de la vie en ce XXIè siècle. Nous ne savons plus sourire, ni rire tout court. Le sourire devient ridicule et est traité de banal. Pour être, il faut être sérieux, c'est-à-dire savoir se tenir et ne rire que peu ou pas du tout. Dis-moi, n'as-tu pas des vertus qui rendent plus agréable l'existence? Ne rends-tu pas plus supportable toute vie humaine?

Cher Monsieur, de cela, je n'en sais que trop. Ta présence détend l'atmosphère et procure à la personne qui te pratique, joie, bonne humeur et bonne santé.

Sourire, tu donnes au visage sa couleur de base. C'est pourquoi j'irais même jusqu'à dire sois le bienvenu dans nos murs. Sois plus présent parmi nous car tu nous es bénéfique.

A bientôt!

EK.

Lettre 17

« C'est une sorte d'avidité que de parler de tout sans vouloir rien écouter »

Démocrite

Ô MADAME AVIDITÉ,

Je n'oserai jamais jeter le discrédit sur toi, ma chère, car tu es aussi précieuse que tout autre trésor. Madame, je dois toutefois reconnaître qu'en ta créance, il y a tout un dispositif assez difficile à cerner. Tu peux consumer, dans les profondeurs de l'âme tout ce qui est vie, amour et beauté.

Avidité de gagner plus d'argent que Bill Gates, une propension à ne jamais être satisfait de ce qu'on a dans le creux de la main, insatiable dans l'affect, le goût etc. Tu es à la base de tout cela. Toutefois, tu as permis la plus grande des inventions. C'est par tes poussées volcaniques que de multiples inventions se sont effectuées. Tu es donc un stimulus de la dynamique vitale.

Je dois ajouter que tout cela nécessite ton utilisation raisonnable, raisonnée et saine, sinon le pire est à imaginer. Chère Dame, tu m'as amené dans des univers assez inexplorés, alors que mes pieds étaient encore frêles et fragiles. Tu m'as fait vivre des expériences qui seront à jamais gravées dans le marbre. C'est pour cette raison que je te dis merci. Merci pour ce feu mis dans mon coeur, et merci de ton amitié.

Je retiens donc qu'il faut une raison solide et bien ancrée pour tirer le meilleur de toi sans te laisser devenir le capitaine de ce précieux Cadeau qu'est la vie.

Adieu!

EK.

Lettre 18

« J'ai appris depuis longtemps que, pour soigner mes blessures, je devais avoir le courage de les regarder en face »

Paulo Coelho

À MONSIEUR REGARD,

Cher Monsieur, par ton seul geste, tu as bouleversé ma vie dans son ensemble. Monsieur Regard, tu ne te rends peut-être pas compte, mais tu exerces un pouvoir qui ne dit pas son nom, mais qui se laisse percevoir par quiconque veut bien te fixer. Tu es celui qui est là, sans jugement, souriant et ne voulant qu'une chose: le changement.

Dans ce monde où tout est semé de confusion, d'horreur, par ton seul geste, tu permets à plus d'un de s'éveiller. En tout cas, tout commence et s'arrête au regard. Tu m'as montré que le regard est très déterminant et que la façon dont une personne regarde dépend de l'état d'esprit dans lequel elle est.

Alors, si je change de regard, à coup sûr, le monde changera.

Mes amitiés.

EK.

Lettre 19

Ne prenez pas la vie au sérieux, de toute façon vous n'en sortirez pas vivant »

Bernard Fontenelle

CHER MONSIEUR SÉRIEUX,

A première vue, on se demanderait à quoi cela peut renvoyer? Sois sérieux! voilà ce qu'on dit à un enfant qui ne pense qu'à jouer et oublie toute notion de sérieux. Sois sérieux! Oui je veux être sérieux sans toutefois attenter à ma raison d'être.

J'ai appris avec toi que tout travail fait avec sérieux, aboutit à quelque chose de bien. Mais qu'est-ce-donc que le sérieux? Que veut dire être sérieux et peut-on l'être tout le temps?

Le sérieux se voit dans une attitude, le comportement de chaque individu. Il s'agit de la prise de conscience de quelque chose, du fait qu'on soit en vie.

Pour réaliser un but fixé, il faut un peu de sérieux, c'est une chose qui, me semble-t-il, demande de la hauteur, de la prudence et de la volonté. C'est le sérieux qui rend tout apprentissage fécond et fructueux. Mais ce sérieux a du mal à se faire une place.

Et mon cher, je ne sais comment te venir en aide. Et puisqu'il faut rester sérieux, puisqu'il faut faire les choses sérieusement sans trop se prendre au sérieux, je te dis: Adieu!

Cordialement.

EK.

Lettre 20

« *Un mot prononcé avec bienveillance engendre la confiance. Une pensée exprimée avec bienveillance engendre la profondeur. Un bienfait accordé avec bienveillance engendre l'amour* »

Lao Tseu

A MADAME BIENVEILLANCE,

Je t'écris pour t'exprimer toute ma reconnaissance. Ta bienveillance m' a permis de reconsidérer différemment mon existence. En effet, je me trouvais dans une situation telle que la vie ne valait plus la peine d'être vécue. Attristé je l'étais, angoissé et souffrant du mal être aussi. Ton regard posé sur moi m'a tiré d'affaire.

J'aimerais témoigner du bienfait que tu m'as procuré et en quoi ton absence peut entraîner la chute d'une personne. Au plus profond de mes nuits, à l'heure où ni sommeil, ni paix intérieure ne m' habitaient, tu m'as rendu visite. Dans le désert de ma

vie, pendant que plus rien ne me retenait à l'existence, et où seule l'issue fatale était le meilleur choix qui m'était offert, toi, tu
m' as visité.

Chère Bienveillance, je dirais que tu incarnes merveilleusement ton nom. Tu veilles bien sur moi, sur chaque personne, même si cette dernière ne le pense ou ne s'y attend pas. Heureusement, dans ces moments les plus difficiles, ton regard doux et compatissant à été le socle de ma survie. Pour cette raison, je te dis merci. Merci de cette écoute, merci pour la confiance que tu as eue en moi.

J'essaierai de rendre la pareille à quelqu'un d'autre. Je risque d'être trop long. Je m'arrêterai ici.

Reçois mes meilleures salutations.

EK.

Lettre 21

Tout ce qui vient à vous, vient à vous parce que vous l'avez attiré. Tout ce qui vient à vous, vient comme un défi et comme une opportunité pour progresser»

Swami Prajnanpad

A MONSIEUR DÉFI,

S'il existe des maîtres qui enseignent sans parler, tu en fais partie. Dans ton enseignement, tu m'as transmis une chose: la vie est défi.

Toute chose dans cet univers est un perpétuel challenge, un mouvement constant d'attraction et de répulsion. Tu es en constante dynamique et tu fais mouvoir tout ce qui a du souffle. Avec toi, j'ai appris à lutter. Non une lutte avec quelqu'un d'autre. C'est une lutte avec moi-même. Car le plus grand ennemi que je puisse avoir n'est personne d'autre que moi-même.

Tu m'as fait prendre conscience de la joie dans le combat. En effet, si en plus du combat livré, il n'y a aucune envie à se lancer corps et âme, alors le combat est déjà perdu. Tu m' as appris la patience dans cette lutte contre moi-même. Car la vie mérite cette patience là, et qui veut aller loin dans son entreprise à besoin de patience. Tu m' as aussi enseigné comment accepter ce qui est ma réalité

    Fuir sa réalité, c'est être une autre personne, c'est ne pas se voir dans son propre miroir. Quiconque ne s'accepte pas passera le reste de sa vie en perpétuel ignorant. Et cela, c'est de toi que je le tiens.

    Défi comme mode de vie, tel est le mot d' ordre. Et, mu par cette volonté d'aller toujours de l'avant, je me jette à l'eau. Des tasses, j'en boirai, mais de cela, je n' ai pas peur.

Très sincèrement.

EK.

Lettre 22

« Il ne faut avoir aucun regret pour le passé, aucun remord pour le présent, et une confiance inébranlable pour l'avenir. »

Jean Jaurès

DAME CONFIANCE,

Toi ma chère, tu m'apportes beaucoup. Dans ce monde où tout est suspicieux, douteux et pisté, tu m' as visité. A l' heure la plus grise et sombre de mes jours, alors que je ne pensais pas voir une issue, tu t'es présentée à moi.

Pendant que tout s'écroulait autour de moi, et que plus rien n'allait dans ma vie, ton regard s'est sur moi posé. La confiance fait renaître une personne, entretient la flamme de l'espoir de gagner dans cette vie. Le simple fait que tu aies eu confiance en moi, a rendu ma vie plus belle, toute remplie de délices.

Dame Confiance, tu m'as poussé à croire en la vie, à vivre et à espérer. Tu m'as éveillé à la réalité de cette vie-ci. Croire en la vie et laisser la vie continuer son cours, vivre et laisser vivre, telles sont les leçons que je garde de toi.

Merci encore.

EK.

Lettre 23

« Je ne perds jamais, soit je gagne soit j'apprends »

Mandela

MONSIEUR ÉCHEC,

Il y a des échecs qu'on oublie, tandis que tant d' autres restent ancrés dans nos vies.

Le plus souvent quand on échoue, on n'a qu'une seule idée en tête: tout arrêter et tout abandonner. Oui, moi aussi je me suis retrouvé dans la même situation: deux échecs au bac, deux échecs universitaires, non renouvellement de mon contrat, largué par ma petite amie, et la liste est longue.

Cher Monsieur, j'ai malgré cela beaucoup progressé en ta compagnie. J'ai surtout retenu qu'en réalité, tu n' existes pas. Que chaque échec n'est en fait qu'un nouveau départ. Et que tout dépend de l'état d'esprit qui nous anime. N'est-il pas dit qu'en tombant sept fois, il vaut mieux se relever huit fois?

Comme une balle de tennis, rebondir le plus rapidement possible, telle est la plus grande force de l'être humain.

Cher Echec, je t'exprime ma reconnaissance.

Adieu!

EK.

Lettre 24

« Pour devenir habile en quelque profession que ce soit, il faut le concours de la nature, de l'étude et de l'exercice"

Aristote

À TOI, NOBLE ÉTUDE,

Prends et lis! Telle est la recommandation de Dieu, dit-on souvent. Noble étude, tu m' as montré comment t' aimer, ce qui au début ne me disait rien. J'avais plutôt envie de ne rien faire, mieux encore, rester dans mon coin de soleil et le protéger.

Chère Dame, je me demande si en t'approchant, je pourrai vivre autrement? Eh oui, je me suis vu transmuer en une personne qui traverse cet univers non comme un ignorant, mais comme une personne avisée, curieuse et aimant sa vie. Grâce à toi, je vis et j'aime chaque instant de ma vie. Quelle joie!

Mille mercis.

A très vite!

EK.

Lettre 25

« Le succès est l'art d'aller d'un échec à un autre sans perdre son enthousiasme. »

Winston Churchill

TRÈS CHÈRE CONSTANCE,

    Rien que par ton nom, tu me montres ce qu'est réellement la vie. En effet, que serait l'existence sans l'impermanence des choses? Chère Constance, avec toi, j'ai découvert que ma propre existence n'était rien de moins qu'un tissu changeant, une exceptionnelle alchimie de la nuit et du jour, de vie et de mort, de la joie tout comme de la peine.

    C'est donc en ta compagnie que je me suis rendu compte que rien ne peut se faire sans toi, chère constance.

    Madame, je peux sans détour t'avouer que je t'aime, toi la constance de l'impermanence.

    Revoyons-nous vite!

EK.

Lettre 26

« Le rire est l'antidote de la morosité et de l'ennui ; il dissipe les idées morbides et se fait souvent le garant d'une bonne santé mentale. »

Eve Belisle

À DAME MOROSITÉ,

Madame, c'est avec peine et regret que je t'écris cette lettre. Il m'a fallu puiser en mon for intérieur, la force nécessaire pour trouver les mots qu'il faut pour me faire comprendre. Car, je ne le sais que trop, entre ce que l'on dit à l'autre, ce que l'autre entend, ce qui devrait être entendu, et ce qui est entendu, il y a un énorme fossé.

Chère Dame, ta présence me rend incapable de la moindre action. Je me sens comme un mort-né ou un mort vivant, capable de rien et surtout ne désirant et ne voulant rien. Tu actives dans ma vie, ce que je pourrais appeler une pré- mort. C'est un état dans lequel nulle envie ne survit à cette tendance qu'est l'inaction.

Chère Morosité, ce n' est pas parce que je t'en veux que je t'adresse cette lettre. Loin de là. Tu m'as montré qu'il importe dans la vie d'un être, de te connaître. C'est en te connaissant mais en te surpassant que l'on devient homme. Car te fréquenter, c'est apprendre qu'au-delà de cette assurance qui peut nous animer tous, tu es toujours là, à nos trousses.

Chère Dame, grâce à tes nombreuses visites, je développe l'humilité, mais aussi et surtout l'endurance et la persévérance. Car, quand tu es présente, la vie même devient pénible, insoutenable voir haïssable. Chère Dame, j'exprime toute ma reconnaissance envers ta personne et souhaite que tu me visites de temps en temps, afin que je ne t'oublie jamais. Mais sache aussi que j'ai désormais, les armes nécessaires pour te reconnaître et te combattre.

Au revoir.
EK.

Lettre 27

« Se plaindre aujourd'hui à propos d'hier, ne rendra pas demain meilleur. »

Proverbe Thaïlandais

À TOI, DAME PLAINTE,

    Ma chère, je ne crois pas que tu sois inconnue du commun des mortels. Et oui, comme on l'entend souvent, je n'ai pas ci, je n'ai pas ça, j' ai mal là, etc. Nous nous plaignons toujours de quelque chose, nous sommes souvent dans la plainte d'une chose ou de quelqu'un, avec ou sans raison.

    Chère Dame, t'ayant pratiqué maintes et maintes fois, je dois reconnaître ton inlassable manœuvre dans ma vie. Quel était ton but? Seulement me faire capituler, tu voulais que je me dénigre et que je ne voie ainsi que le côté négatif de la vie? Ne dit-on pas souvent que la plainte efface toute la bonne fortune accumulée? Il est vrai que tu donnes envie de te pratiquer. C'est tellement facile et tentant d'entrer en ton contact.

Chère Dame, je sais, se plaindre est tout à fait normal pour les personnes ordinaires que nous sommes. On se plaint de quelque chose, et toutes les raisons sont bonnes. Admettons. Toutefois, j'ose affirmer que tu es l'incarnation pure et simple du dénigrement. Se plaindre, c'est, je pense, ne pas croire en soi, c'est douter des capacités illimitées que nous possédons, c'est enfin, se dénigrer. Voilà, très chère Dame, les raisons pour lesquelles, petit à petit, je m'éloigne de toi. Cette distance m'est nécessaire pour poser un regard différent sur ma vie et la vie de l'univers.

Ma très chère, je te fais une promesse que je pense, je m'efforcerai de tenir. Et tu le sais bien, la promesse est une dette. Chère Dame, je tiens à te dire que tu m'as beaucoup apporté. Maintenant, je peux m'envoler sans toi. Puisqu'en ta compagnie, je ne fais que régresser, voici ce que j'ai à te dire: je n'ai plus besoin de toi. Alors, continue ta route sans moi!

Sincèrement.

EK.

Lettre 28

« *En période de prospérité, prudence ;
dans l'adversité : patience.* »

Proverbe américain

TRES CHÈRE PROSPÉRITÉ,

Ma très chère, à l'heure où plus personne ne croit en toi, où le désespoir et le pessimisme battent des records, j'ose encore t'adresser cette lettre. Elle est à toi, cette missive, pour te signifier que tu as encore toute ta place chez nous. Elle est à toi, pour te dire que toutes nos portes te sont grandement ouvertes. Elle est encore à toi, pour hâter ton retour. Car, je remarque que tu t'es éloignée de nous et que, de jour en jour, tu creuses ta distance d'avec nous.

Chère Dame, nous savons tous que là où la paix et la prospérité règnent, les hommes vivent harmonieusement et se divertissent à leur guise. Ils ont peu de souci et la terre est paisible. Madame, reviens chez nous et fais que notre terre abonde de santé et de longévité. Qu'elle soit prospère et couvre les hommes de bonheur. Pourquoi cela? parce que bien trop de personnes arrivent difficilement à vivre, trop peu de personnes ont un toit, trop peu de personnes arrivent à satisfaire les premiers besoins. Voilà pourquoi j'implore ta clémence.

Chère Dame, je sais cependant que seuls les hommes peuvent transformer cette situation et que tout est possible si la détermination et le courage vont ensemble. Alors seulement, tu t'erigeras reine et fera pleuvoir toutes sortes de richesses nécessaires aux humains. De cela, j'ai bon espoir.

A très vite, chère Dame.

EK.

Lettre 29

« Développe une passion pour l'apprentissage ; si tu le fais, tu ne cesseras jamais de grandir. »

Anthony J. D'Angelo

ADMIRABLE PASSION,

Toute ma gratitude pour m'avoir fait comprendre que tout part de la passion. La vie réussie, si elle existe, est en partie réussie grâce à la passion. C'est cette dernière qui donne force à toute entreprise, toute action.

Parce que je suis passionné par mon travail, parce que la passion ne me quitte pas quand je pense à ma femme, mes enfants; sache que c'est à ce moment là que la vie devient de plus en plus légère, agréable. Passion, tu es cette chose qui meut toute chose et dont on ignore l'existence, tu es cette source inépuisable d'où provient toute vitalité.

Quand on vit avec passion, même les plus difficiles combats sont facilement survolés, et des résultats inattendus apparaissent.

Chère passion, j'ai donc une requête à t'adresser: ne me quitte pas! Quelle que soit la réalité de ma vie, quels que puissent être les aléas de la vie, sois toujours à mes côtés! Je ne pourrai vivre sans toi. Cela, je tenais à ce que tu le saches.

A bientôt

EK.

Lettre 30

« Prenez soin de votre corps, c'est le seul endroit où vous êtes obligés de vivre. »

Auteur anonyme

CHÈRE SANTÉ,

Que puis-je faire sans ton secours ? Sans ta présence dans ma vie, m'est-il encore possible d'espérer grand-chose ?

Chère dame, je te remercie de tous les bienfaits dont tu m'as comblé. Tu as été jusqu'à ce jour, le meilleur remède à tous mes soucis. Car avec toi à mes côtés, je n'ai aucune crainte. Je reconnais ma terrible souffrance quand tu t'absentes quelquefois de mon existence. Alors, tout devient pénible sans toi. Même les moindres choses prennent une énorme proportion.

Chère Dame, n'es-tu pas l'ingrédient nécessaire à toute vie épanouie ? Merci pour cette bienveillance à mon égard. Je te demanderai, s'il m'est encore possible de t'adresser une requête, de daigner couvrir de ta clémence les personnes souffrantes, qu'elles goûtent au bonheur de la santé parfaite. A celles qui sont déjà en bonne santé, qu'elles préservent sans cesse ce trésor. Je compte sur ta grande générosité. Chère Dame, tu existes déjà dans le corps de chaque être, manifeste-toi donc!

Cordialement.

EK.

Lettre 31

« Poursuivez vos rêves, attrapez-les, et vivez-les. »

Maritza Alarcon

MERVEILLEUSE LONGÉVITÉ

Je cours après toi depuis quatre décennies. Tu ne m'as jamais abandonné, ni déçu dans ma quête. Chère Dame, je souhaite t'exprimer toute ma gratitude pour ta constante présence dans mon existence. Je ne te le dirai jamais assez, tu es la graine qui fait pousser en moi santé et vitalité. Sans toi, je ne serais plus dans ce monde.

Chère Dame, ta compagnie rend prospère chacun de mes pas, rendant possible ce qui parait impossible. Vivre la longévité dans une totale vitalité, c'est voir ses jours remplis de joie, amour et bonheur.

Chère Dame, sois la compagne de toutes les personnes oeuvrant pour la paix et la prospérité. Qu'elles goûtent les fruits de ta présence. A celles qui ignorent que la vie humaine est le plus précieux de tous les trésors, puisses-tu leur révéler ton secret afin qu'elles aussi contribuent au maintien de tes enfants que sont les êtres vivants.

Amitiés.

EK.

Lettre 32

« S'il y a un problème, il y a une solution. S'il n'y a pas de solution, c'est qu'il n'y a pas de problème. »

Bob Marley

MONSIEUR PROBLÈME,

Des problèmes, il y en a toujours, dit-on souvent. Tout le monde est persuadé que tant que nous vivrons, nous serons confrontés aux problèmes car ils sont corrélés à la vie. Soit. Mais si nous les prenons autrement, nous saurons qu'ils sont autre chose que ce qu'ils paraissent être.

Chère Monsieur, au fur et à mesure que je te croise sur mon chemin, tu me dévoiles davantage tes secrets. Désormais, je sais que tu n'es pas synonyme de tourment, ni d'affliction. Tu es au contraire un bon conseiller qui s'invite dans nos vies. Après chaque rencontre avec toi, tu nous révèles une leçon de vie. Quiconque est réceptif capte la profondeur de ton enseignement.

Je retiens de ce fait que derrière chaque problème se trouvent logés une mine d'or, un stimulus, le point de départ d'un grand développement.

Pour cela, je suis reconnaissant.

Adieu.

EK.

Lettre 33

« Tu ne devrais jamais sacrifier ces trois choses : ta famille, ton cœur et ta dignité »

Auteur anonyme

À MA CHÈRE FAMILLE,

La famille est ce noyau dans lequel le plus petit tout comme le plus grand prend appui, vit et grandit. Elle est un cercle au sein duquel prend essor toute vie. La bienveillance qui en émane garantit l'épanouissement des uns et des autres. A ma famille, j'exprime toute ma reconnaissance. J'aurais voulu que tout le monde jouisse de paix, santé et longévité. J'aurais voulu vous voir vivre éternellement, mais l'impermanence est la seule chose durable en cette vie.

Sachant cela, à tous les membres de ma famille, je souhaite amour, paix et bonheur ici et maintenant. Vivons le rêve de notre vie et jouissons pleinement de ce présent qu'est la vie.

Très fidèlement.

EK.

Lettre 34

« *Il y a des moments où les mots s'usent. Et le silence commence à raconter.* »

Khalil Gibran

MONSIEUR SILENCE,

Le retour à soi, l'observation de son esprit ne peut s'opérer dans la précipitation ni dans la turbulence du rythme quotidien. En étant envahi par nos peurs et nos angoisses, il devient de plus en plus difficile de faire une pause, de s'écouter, d'être là avec soi-même, tout simplement.

Cher Monsieur Silence, ta pratique reste la panacée des plus courageux. Entrer en contact avec toi n'est pas chose aisée. Pourtant, le commerce avec toi nous révèle à nous-mêmes, et nous apprend une multitude de choses. Entrer dans le silence, ne penser à rien, être là, tout simplement là et laisser couler pensées, agitations et émotions, sans résister, est une pratique des plus difficiles.

Arriver à faire silence, le faire ne serait-ce que quelques dizaines de minutes quotidiennement, apporte paix et joie.

Cher Monsieur, puisses-tu me faire découvrir les délices de ta compagnie.

Sincèrement.

EK.

Lettre 35

« Le succès est la somme des petits efforts répétés jour après jour. »

L.R. Collier

MONSIEUR EFFORT,

Nous sommes dans une époque où tout va vite, ou l'on veut avoir tout tout de suite, sans plus attendre.

Le temps nécessaire pour l'achèvement d'une tâche, l'effort à fournir est tant négligé qu'il en perd son utilité. Quel sens donné à l'effort? Est-il toujours nécessaire ?

Je vais, au lieu de répondre à cette question, la reposer cette-fois ci à l'envers. Quelque chose de grand peut-il se faire sans effort? J'en doute bien fort. Tout se fait dans l'effort. Ce dernier est l'ingrédient qui redynamise l'existence humaine.

Cher Monsieur, sois le bienvenu chez moi. Car, je sais qu'en ta compagnie, la joie et la victoire sont garanties.

A très vite.

EK.

Lettre 36

« Le plus complet abandon règne dans l'amour. »

Louis Aragon

Cher Abandon,

Mon cher, je ne pourrai te remercier assez. Tu es une perle précieuse dont je ne saisis pas entièrement la portée. Cher Abandon, à chaque fois que j'arrive à te mettre en pratique, je me sens libéré, entier et heureux. Pratiquer l'abandon, en quoi cela consiste-t-il? Me demande souvent mon entourage.

Sans exagération aucune, je réponds en leur disant que l'abandon consiste à cesser tout contrôle, à arrêter de vouloir tout maîtriser.

Pratiquer l'abandon, c'est savoir faire confiance à la vie, accepter la vie comme elle vient, c'est n'opposer aucune résistance aux aléas de la vie.

L'abandon serait alors avoir le courage de se laisser couler, fusionner avec le rythme de l'univers sans résistance. Tout se passe comme si on était en pleine mer.

Quand on se retrouve en mer, il est inutile d'opposer la moindre résistance aux vagues qui sans cesse, deviennent puissantes et violentes. C'est en utilisant le courant des vagues que l'on peut avancer et, ce faisant, arriver à bon port.

L'abandon est une discipline peu connue, mais qui ne laisse quiconque la pratique sincèrement, indifférent.

Adieu.

EK.

Lettre 38

*« La vanité consiste à vouloir paraître.
L'ambition à vouloir être.*

*L'amour-propre à croire que l'on est.
La fierté à savoir ce que l'on veut. »*

Comte Rackzinski

DAME VANITÉ,

Vanité des vanités, tout est vanité, la Bible attire notre attention sur ce qui peut être vanité. Si chaque être sensitif, humain et non humain, se partage le lien sacré qu'est la vie, pourquoi au nom de cette même vie, ne pas ériger en loi suprême le principe selon lequel " *tous les hommes sont des frères* ?

Vanité des vanités, chercher à s'enrichir sur le dos des gens, vanité de montrer à l'autre qu'on lui est supérieur. Vanité de chercher à prouver qu'on sait mieux que tout le monde. A quoi cela sert, si ce n'est pour rendre service aux autres ?

Vanité des vanités, tout est vanité. A quoi cela sert d'avoir des milliers de garde-robes, alors qu'on ne les porte jamais ? Vanité des vanités, c'est ce qui reste.

Aurevoir.

EK.

Lettre 39

« Une maison est faite de poutres et de murs. Un foyer est fait d'Amour et de Rêves. »

Auteur anonyme

MA CHERE MAISON,

Avoir une maison, c'est avoir où se ressourcer, c'est savoir où rentrer le soir après le travail. Avoir une maison, c'est être à l'abri des intempéries, c'est aussi se protéger de tous les risques tant naturels qu'humains.

Malheureusement, en se promenant à Paris, à chaque coin de rue, on croise le regard de nos amis, des humains vivant sous les ponts, sur le quai, devant les églises.

Dans presque toutes les grandes villes du monde, les pays dits développés, on trouve cependant des sans-abris. Pourquoi ? Ont-ils été forcés ? Il y a plusieurs raisons à cela.

On se rend bien compte qu'on fait partie des nantis, car on a un toit, un endroit où le soir venu, on peut se reposer et partager de bons moments avec des visages amis. Gratitude. Mais les autres ? A brebis tondue, Dieu mesure le vent ! Peut-être.

Ma maison, ma chère maison, je te remercie de me procurer ta demeure. J'essayerai d'en être digne.

Avec toute ma reconnaissance.

EK.

Lettre 40

« *Se réunir est un début, rester ensemble est un progrès, travailler ensemble est la réussite.* »

Henry Ford

MADAME COHÉSION,

Je me permets de t' interpeller, chère dame, car tu nous fais cruellement défaut.

En ces temps où notre monde est confronté à plusieurs défis, moment décisif où, en tant qu'humain, nous jouons notre survie, notre seul secours, c'est toi.

Chère Cohésion, que pouvons-nous faire sans toi ? Comment contrer le terrorisme sans cesse montant ? Quelles actions menées pour éradiquer, une fois pour toutes la misère dans le monde ? Que faire pour freiner cette appétence à développer les armes de destruction massive ? N'est-ce pas toi qui nous apprends à mutualiser nos efforts ? N'est-ce donc toi qui nous pousse au dialogue ? N'est-ce pas toi qui, après nous avoir chanté *l'Ode de l'espoir*, nous demande et nous incite à nous mettre sans plus tarder au travail ? N'est-ce donc toi qui nous montre le chemin du vivre ensemble ? Chère Dame, nous avons retenu la leçon, selon laquelle rien ne peut se faire sans toi, chère Cohésion.

Devant le grand monstre qu'est la guerre nucléaire, seule la cohésion de tous les peuples à désirer la paix plus que tout, la vie avant tout nous sera utile.

Sans toi, nous sommes voués à une disparition certaine de notre espèce. Sans toi, notre fin prochaine est garantie.

Mais nous avons espoir, chère Dame. Et cet espoir, c'est toi qui nous l'inspires. Et il y a de bonnes raisons.

Chère Cohésion, nous ne te décevrons point. Tu peux compter sur nous comme nous comptons sur toi.

A bientôt.

EK.

Lettre 41

« Si le tumulte est dans ton cœur, cherche la tranquillité : une mer calme, éclairée par la lune, une oasis de paix, un paysage reposant, et laisse leur paix passer à travers toi pour te laver de tes soucis. »

Annelou Dupuis

DAME TRANQUILLITÉ,

Si je recours à toi maintenant, Madame, c'est qu'il y a urgence. À l'heure où il n'y a plus de sécurité nulle part, à l'heure où règnent chaos et désordre, toi seule peux nous montrer la voie.

Madame Tranquillité, comment faire pour que tu sois l'unique source de réconfort en nos vies ? Où te trouver et surtout comment t'avoir toujours à nos côtés ?

Je sais, car je t'entends me susurrer à l'oreille : *rentre en toi, écoute ton cœur, je ne suis pas loin.* Oui, la seule chose que j'ai à faire, c'est d'être attentif, de m'écouter, et être présent à moi-même. C'est clair maintenant, être dans le présent et être présent à soi, pleinement.

La tranquillité n'est pas ailleurs, elle est en nous, même dans ce sentiment de tumulte envahissant.

Madame, pour cet éveil, je te suis reconnaissant.

Adieu.

EK.

Lettre 42

« Être libre, ce n'est pas seulement se débarrasser de ses chaînes, c'est vivre d'une façon qui respecte et renforce la liberté des autres. »

Mandela

MONSIEUR RACISME,

Je ne voulais pas t'écrire au départ, car je ne voyais pas la nécessité. Je savais que tu étais toujours là depuis que les peuples ont existé. Tu te manifestes de différentes manières, voilà pourquoi nous avons tant de mal à te démasquer. Mais quelle que soit la forme que tu prends, quel que soit le lieu de ta résidence, je m'adresse personnellement à toi.

Si tu continues à perturber la cohésion que nous avons peiné à construire entre nous, humains, c'est que nous sommes à ce point ignorants pour te faire de la place, encore et encore. Si tu subsistes à toutes les luttes que nous t'avons livrées, c'est que nous n'étions pas assez résolus à te voir disparaître. Il y a, je pense, une part en nous qui te retient, qui souhaite te voir proliférer, essaimant des petits fils dans tout endroit où il y a vie.

Mais sache que ton heure a sonné. Tu as fait ton temps. Maintenant, nous, les quelques personnes t' ayant détecté, toi et tes complices, nous vous poursuivrons, débusquerons et éradiquerons définitivement dans notre existence. Et si ce n'est pas suffisant, nous encouragerons chaque humain, homme et femme, à ne pas vous faire de la place nulle part dans leur existence. Car si chacun de nous vous ferme la porte de son cœur, de vous-mêmes, toi et tes complices, vous disparaîtrez pour de bon.

Vois-tu, Monsieur, nous aspirons à une vie où chaque personne a sa place et est à sa place, une vie où personne ne sera traité comme une vermine, ni désigné comme la cause de tout malheur.

Monsieur, telle est la détermination qui m'anime. Et tu sais bien, que rien ne résiste à une personne dont la détermination est redoutable.

Adieu.

EK.

Lettre 43

« *Mon pays est le monde, et ma religion est de faire le bien.* »

Thomas Paine

À TOI MON PAYS

Reçois ce poème, comme une offrande, mon cher Pays et fais-le connaître à tous tes enfants.

Mon pays, mon beau pays,
Toi que nos aïeux ont défendu,
Jusqu'à sacrifier leur vie.
Mon pays, mon beau pays,
Toi qui ne rejette aucun de tes enfants,
Fut-il ange ou démon,
Mais qui, à bras ouverts les accueille tous.
Mon pays, mon beau pays,
Toi dont la grandeur a dépassé pays et continents,
Toi qui a vu naître en ton sein les grands esprits,

Qui éclairèrent le monde,
Toi qui les a nourris, aimés et chéris.
Mon pays, mon beau pays,
Pourquoi donc laisses-tu proliférer,
Tel le roi lion,
Le parasite qui, en tes entrailles se trouve,
Et qui, sera la cause de ta propre chute?
Mon pays, mon beau pays,
Toi qui nous rends si forts, paisibles et joyeux,
Retrouve en toi force et vaillance,
Et distille en nous l'amour du pays,
Et la fierté d'être tes enfants.

EK.

Lettre 44

« *Tourne-toi vers le soleil et l'ombre sera derrière toi.* »

Proverbe Maori

CHER SOLEIL,

    Tu es seul, Monsieur, éloigné de nous de plusieurs milliards de kilomètres. Et pourtant, tu n'as jamais manqué à ta mission qui est de donner vie à toute chose. Tu es l'astre qui éclaire chaque être se trouvant sur terre.

    Tu es seul certes, mais illuminant tout et vivifiant chaque être. De tous les coins du monde, on nomme le soleil. Tes rayons aussi pénétrants que saisissants, nous procurent vitamine et vitalité. Le soleil à lui seul éclaire toute chose et garantit croissance et vigueur.

    Récemment, au retour d'une petite promenade, je suis tombé sur un champ de tournesols. La beauté de ce vaste champ de fleurs en forme de soleil en miniature me fit arrêter. Je décidai d'observer attentivement. Que vis-je ?

Chaque tournesol avait la tête tournée vers le soleil. Elle ne quittait pas une seule seconde des yeux le soleil. Elle suivait le soleil dis-je. Ces fleurs ont compris ton importance. Elles étaient rayonnantes, élégantes, belles. Je fus saisi par cette beauté naturelle. Cela eut lieu grâce au bienfait du soleil.

Cher Monsieur, sans toi, que devient la vie sur terre ? Tu donnes vie, tu ranimes ce qui est sans vie, tu réjouis le cœur endormi, tu rends joyeux un cœur malheureux. Tu as autant de vertus qu'il me serait difficile de tout lister en une seule page.

Ton exemple me fit prendre conscience d'une chose : il suffit qu'il y ait un soleil, et la vie reprend des couleurs.

Qu'ai-je compris ? Que, si je devenais le soleil là où je suis, alors, tout ce qui est alentour, s'éclaircirait et tout commencerait à briller de sa propre lumière. Au travail, être le soleil, à la maison, être le soleil qui éclaire chaque membre de ma famille. Avec mes amis, la même chose. J'en déduis qu'être le soleil, c'est faire ce que j'ai à faire, au mieux de mes capacités. C'est repousser mes limites et sortir de mes zones de confort. C'est aller au -delà de ce que je peux. Etre le soleil, c'est briller du meilleur éclat de mon être et laisser briller les autres, à leur manière.

Merci pour cette leçon de vie.

Cher Soleil, je vais m'y mettre. Et ne me perds pas de vue.

A bientôt.

EK.

Lettre 46

« Impose ta chance,
Serre ton bonheur et va vers ton risque. »

René Char

CHÈRE COMPÉTITION,

Pourquoi sommes-nous tout le temps en compétition ? Chère Madame, pourquoi t'es-tu insérée dans nos vies ? Que nous apportes-tu si ce n'est la comparaison, la rivalité et le mépris de l'autre ?

Car, vois-tu, quand nous développons l'esprit de compétition, qu'entend-t-on et que nous dit-on ? Tu es meilleur que celui-là, il est nettement plus performant que toi. Et que ressent-on au fond de soi ? Le manque d'estime de soi, le rejet de soi-même.

Chère Dame, j'aimerais te demander, quelle est la vraie compétition ? N'est-ce pas celle qui me permet de me dépasser, d'évaluer la différence qu'il y a entre moi hier et moi aujourd'hui ? La vraie compétition ne devrait-elle pas être uniquement une compétition de bonnes actions, de la vie bonne, vertueuse, où règnent entente, solidarité et non la rivalité et concurrence bestiale ?

Adieu.

EK.

Lettre 47

« *Le moi, devant autrui, est infiniment responsable.* »

Emmanuel Levinas

BIENHEUREUX AUTRUI,

Mon cher, je tenais à t'écrire pour t'exprimer ma considération et mon respect à ton égard.

Je sais ô combien évoquer autrui de nos jours prête à confusion dans l'esprit des gens. Tout simplement, je considère que tu n'es pas différent de moi car tu es là, posé devant moi et m'interpellant. Puis-je faire autrement que de répondre à ton appel?

Rassure-toi, car, toi et moi, sommes totalement imbriqués.

A chaque fois que je suis, tu es aussi. Cela, je veux que tu le saches.

A ton service.

EK.

Lettre 48

« Seuls ceux qui sont prêts à prendre le risque d'une terrible défaite rencontreront une formidable victoire. »

Robert Kennedy

DAME VICTOIRE,

Chère Victoire, comment faire pour te gagner ? Comment te mériter ? Je t'entends calmement me répondre de ta douce voix : *travaille, travaille, travaille*.

Chère Dame, j'ai bien entendu ton conseil et, sans plus attendre, je l'appliquerai. Je sais que c'est par le travail que la victoire se gagne. Ta voix est cette sagesse qui m'est révélée. Charge à moi de la mettre en oeuvre dans mon quotidien. La victoire est au bout de l'effort, diront certains. En cela aussi, je crois.

Chère Dame, puisses-tu m'apporter ton soutien durant tout ce voyage, un périple qui, incontestablement, m'amènera à toi.

J'ai hâte de te retrouver.

A très vite.

EK.

Table des matières

préamble 8

À Madame Colère, ... 14

Monsieur Courage, ... 19

À toi, Dame Bonté, ... 23

Très cher éloge, ... 28

À toi Espoir, ... 33

Oh, Monsieur Destin, ... 37

Tendre Empathie, ... 42

Madame Fidélité, ... 46

Chère Compassion, ... 50

À toi, Monsieur Amour, ... 54

Monsieur Duchemin, ... 63

Dame Patience, ... 67

À toi, Dame Curiosité, ... 72

Chère Clémence, ... 76

Cher Monsieur Sourire, ... 80

Ô Madame Avidité, ... 84

À Monsieur Regard, ... **88**

Cher Monsieur Sérieux, ... 91
A Madame Bienveillance, ... 95
A Monsieur Défi, ... 99
Dame Confiance, ... 103
Monsieur Échec, ... 107
À toi, noble étude, ... 111
Très chère Constance, ... 115
À Dame Morosité, ... 118
À toi, Dame Plainte, ... 122
TrEs chère 127
Prospérité, ... 127
Admirable Passion, ... 131
CHÈRE SANTé, ... 135
MERVEILLEUSE LONGéVITé 139
Monsieur Problème, ... 143
À ma chère Famille, ... 147
Monsieur Silence, ... 150
Monsieur Effort, ... 154
Dame Vanité, ... 162
MA CHERE MAISON, ... 166
Madame Cohésion, ... 170

Dame Tranquillité,... 175
Monsieur Racisme, ... 179
À toi mon pays 184
Cher Soleil, ... 188
Chère Compétition,... 193
Bienheureux Autrui,.. 197
Dame Victoire, ... 201
Qui est Eric KPODZRO? 205
Restons en contact: 206

QUI EST ERIC KPODZRO ?

Né en 1978 au Togo, je vis désormais en France depuis 2001. Philosophe, poète et écrivain, j'ai publié des essais, des recueils de poésies et le livre que vous avez entre les mains.

RESTONS EN CONTACT :

Si vous souhaitez mieux connaitre mon univers, faites un tour sur mon site :
www.erickplaisirdecrire.com